Empleada Latina Dominante (Interracial)

Dominación y sumisión erótica

Erika Sanders

Empleada Latina Dominante
(Interracial)

Erika Sanders
Serie
Dominación y sumisión erótica

Sinopsis

Patrick tiene una tienda de helados de yogurt en la que trabajan varios empleados.

Entre estos empleados está una joven mexicana, Katy, con la que Patrick ha fantaseado en varias ocasiones.

Un día mientras están esperando clientes surge una conversación nunca prevista ni esperada por Patrick...

Empleada Latina Dominante es una novela de fuerte contenido erótico BDSM y, a su vez, una nueva novela perteneciente a la colección Dominación Erótica, una serie de novelas de alto contenido BDSM romántico y erótico.

(Todos los personajes tienen 18 años o más)

Nota sobre la autora:

Erika Sanders es una conocida escritora a nivel internacional, traducida a más de veinte idiomas, que firma sus escritos más eróticos, alejados de su prosa habitual, con su nombre de soltera.

Índice:

EMPLEADA LATINA DOMINANTE
ERIKA SANDERS

CAPÍTULO 1

Una lluvia de principios de primavera golpeaba el estacionamiento, bajando la temperatura a un nuevo mínimo.

Dentro de la tienda de helados de yogurt, Katy compartía una de las mesas redondas con su jefe, Patrick Adams, esperando a unos clientes que sabían que sería raro que aparecieran debido al mal clima de la tarde.

Las oscuras nubes de tormenta activaron los sensores electrónicos de las luces del estacionamiento, lo que dio algo de luz a la oscuridad exterior.

Dentro de la tienda brillantemente iluminada, Patrick sonrió ante el leve sonrojo en las mejillas de Katy.

"WOW, ¿qué estás leyendo que puede hacerte sonrojar?"

"Porno", respondió Katy, mirándolo directamente, aunque sus mejillas estaban sonrojadas de vergüenza.

Cuando Patrick se echó a reír, vio que su vergüenza se desvanecía mientras sus ojos se estrechaban.

"¿Qué tiene de gracioso eso?"

Patrick consideró por dónde comenzar a enumerar las cosas graciosas que tenía su respuesta.

Katy Gonzales tenía todas las características de ser muy inocente.

Su comportamiento alegre hacía juego con su piel y cabello oscuros, ojos negros y salpicaduras de pecas sobre el puente de su nariz.

La contrató porque era alegre y una mexicana muy bien parecida y eso gustaba a los clientes de la zona.

Rápida e inteligente, se reía fácilmente y trataba a los clientes más groseros con una paciencia que no se esperaría de alguien con veinte años.

Una vez trató de darle un lugar de invitada en una de sus fantasías.

Acariciando su polla dura, llegó a imaginarse sus desnudos pechos antes de darse por vencido y reemplazarla con otra persona.

Katy Gonzales era demasiado buena para protagonizar una de sus delicias masturbatorias.

"Pues cómo te sonrojaste", dijo.

"Entonces, ¿qué usas cuando te lo haces tú mismo? Probablemente videos, ¿verdad?"

"Por lo general", dijo, preguntándose si sus mejillas también se estaban poniendo rosadas. "Entonces, ¿qué tipo de cosas estás leyendo, romances eróticos?"

"Eh, ni siquiera estás cerca. Dime qué tipo de porno te gusta ver y te diré lo que me gusta leer".

Considerando su condición, Patrick sintió una agitación en su regazo cuando se imaginó diciéndole la verdad.

Él no lo haría.

De ninguna manera.

"Las cosas habituales", se cubrió con eso, ganándose otra especie de mirada de acero de ella. "En serio, y solo de hombre a mujer. Ahora te toca a ti".

Su respuesta lo sorprendió.

"Principalmente erótica dura BDSM".

Cuando Patrick comenzó a reír de nuevo, se ganó otra mirada aguda, pero no pudo evitarlo.

La idea de que esta dulce e inocente muchacha leyera algo duro era, ya de por sí, bastante divertida, pero ¿BDSM?

Luchó por parar de reír.

"Lo siento. Simplemente, no sé, no esperaba esa respuesta". Katy no parecía herida por su risa, ella parecía enojada. Su alegría se desvaneció. "Entonces, ¿cuál es la atracción que tiene eso para ti?"

"Tener el control", dijo. "Hacer que la gente haga las cosas que yo quiero".

Patrick se echó a reír de nuevo.

Le gustaba la personalidad de Katy, pero era su ética de trabajo la que tenía margen de mejora.

Era perezosa, ella nunca mostró un solo rasgo de liderazgo.

"¿Como qué?"

"Todo. Cualquier cosa", respondió Katy encogiéndose de hombros. "Cosas extrañas. Cuanto más extrañas, mejor". Había una mirada lejana en sus ojos mientras miraba un punto en la pared justo sobre su hombro. Ella se estremeció. "Creo que sería bueno tener a un verdadero esclavo sexual".

"Bueno, avísame cuando aceptes solicitudes de viejos de cuarenta y tantos".

Una vez más, su respuesta lo sorprendió.

"¿Te estás ofreciendo?"

Patrick consideró a la bella morena mexicana por un largo momento.

¿Podría ella estar hablando en serio?

"¿Qué pasa si no estás bromeando?" Él preguntó.

"¿Qué pasa si no lo estoy señor Adams? ¿Realmente quiere ser una herramienta sin derechos, obligado a adorarme sin una promesa de liberación y satisfacer todos mis deseos, sin importar cuán enfermos o retorcidos puedan ser?"

Él sostuvo su mirada antes de reírse.

"Ahora, ¿quién es la bromista?"

"Muéstramelo", dijo ella, sin sonreír nunca.

"¿Mostrar que?"

"Me escuchaste. Si quieres hacer esto, entonces hagámoslo. Muéstramelo. Aquí mismo. Ahora mismo".

"Te volverías loca si lo hiciera".

"No, no lo haría. Pero te habría aceptado en mi servicio".

"¿Qué quieres decir con 'habría'?"

Ella le dio unas palmaditas en la mano.

"Los esclavos tienen que ser fuertes, señor Adams".

"¿Estás diciendo que soy débil?" inquirió, preguntándose de nuevo si era un juego.

"Estoy diciendo que no estás hecho para una vida de servicio y que acabas de demostrarlo".

"Pregúntame otra vez."

"Respuesta incorrecta", se rió.

Le llevó un momento comprender por qué estaba mal.

"Lo siento", dijo, dándose cuenta de que no era su lugar pedirle nada.

"Gracias, eso está mejor", reconoció.

Inclinando la cabeza hacia un lado, lo consideró por un momento con media sonrisa en su rostro.

"Consigue estar duro para mí y podemos intentarlo de nuevo".

Patrick sintió que su fuerza de voluntad se desvanecía.

Había comprado una membresía en un gimnasio con la esperanza de conocer a mujeres de mayor calibre.

Durante tres meses, trabajó en su cuerpo de mediana edad.

Apretando y tonificando su cuerpo de una forma que la versión de veintitantos de él nunca tuvo.

Orgulloso de su nuevo cuerpo, se frustraba cada vez que pasaba tiempo con otra mujer de su edad.

Se merecía algo mejor, pero tres meses después de hacerlo se había cansado.

Mirando el frente de su pantalón de trabajo de color caqui, notó los inicios de una erección.

"Sabes que realmente voy a hacer esto, ¿verdad?"

"Lo estoy esperando", dijo ella, sonriendo mientras sus ojos parpadeaban hacia su entrepierna.

"¿Quieres ir a la trastienda?" preguntó, sintiendo que su erección alcanzaba longitudes aceptables.

"No. Justo aquí. Ahora mismo. Levántate, quítate los pantalones y muéstramelo. Si no estás duro, el trato se cancela".

"¿Y si lo estoy?"

Inclinándose sobre la mesa, apoyó la barbilla en su palma y sostuvo su mirada.

"Entonces es hora de que juegues para mí. Ahora muéstramelo, perra".

En el lado cuesta abajo de los cuarenta, era demasiado viejo para esto.

Él lo sabía mejor que nadie.

Estaba arriesgando su reputación y su trabajo.

Con apenas veinte años, Katy era demasiado atractiva y vibrante para desearle.

Sabía que esto era solo un juego para ella.

¿Y si lo hacía?

Arriesgar su futuro no lo hizo detenerse, aunque podría estar perdiendo a un buen miembro del equipo semanas antes de que las cosas se pusieran ocupadas.

Pero la vida está hecha de pequeñas elecciones hechas sobre la marcha.

Trabajando sobre sus pasos, se desabrochó el cinturón.

También el botón en la parte superior de sus pantalones de color caqui y bajó su cremallera mientras la miraba.

Katy sostuvo su mirada, sus ojos nunca se apartaron de los de él.

Metiendo la mano dentro de su ropa interior, puso su mano en la vara larga y firme de su virilidad.

Acarició el instrumento de su placer, preguntándose cuál sería su reacción.

Si bien no fue bendecido con proporciones de estrellas porno, Patrick no se avergonzaba de su longitud o circunferencia.

Sabía que tenía más que la mayoría y aquellos con más que él eran pocos.

Dejando que la cabeza de abajo tomara la decisión final, se puso de pie.

Los ojos de Katy siguieron los suyos mientras se levantaba.

Patrick miró el estacionamiento oscuro y vacío.

Alguien podía caminar cerca de las ventanas, pero nadie lo había hecho en la última hora.

Se bajó los pantalones y los boxers, exponiendo su polla dura a la joven.

De pie con las manos en las caderas desnudas, asintió.

La mirada de Katy se deslizó por su cuerpo hasta que sus ojos se posaron en su masculinidad hinchada.

El movimiento de cabeza que su polla le dio a su mirada fue involuntario.

Su expresión seria nunca cambió, aunque él vio las pupilas de sus ojos ensancharse.

Él sonrió de lado.

"Ahora imbécil", le dijo ella.

"¿Aquí ahora?"

Sus ojos volvieron a los de él, estrechos e intensos.

"¿No me expresé bien?"

Después de darle otra mirada al estacionamiento, le dio a su polla dura unos cuantos golpes tentativos.

Sí, estaba duro, pero ¿estaba lo suficientemente emocionado como para producir un orgasmo rápidamente?

Siguió acariciando.

Ella lo miró, observando cómo se movía su mano con la misma mirada imparcial en su rostro, como si lo estuviera viendo leer o llenar un papeleo.

Aun así, ella lo estaba mirando.

Sintió una emoción surgir a través de él, incitándolo a seguir adelante.

Mirando de nuevo al estacionamiento vacío, miró más allá de él a los autos que pasaban por el centro.

Esto era una locura.

Alguien podía ver.

No desde la carretera, pero si llegaran al centro, lo harían.

Dentro de la tienda tan brillantemente iluminada, estaría en exhibición para cualquier madre haciendo recados mientras los niños estaban estudiando o jubilados demasiado aburridos para mirar su televisor.

¿Qué hay de sus vecinos?

Trabajó en su polla más rápido.

Cuanto antes se viniera, antes podría vestirse.

Sintió crecer su emoción.

Estaba cerca, llegando allí más rápido de lo que esperaba.

Una semana de celibato involuntario funcionó a su favor.

"Tan cerca", murmuró.

"Córrete sobre la mesa", dijo Katy, observando su expresión tanto como sus manos trabajando en su polla dura.

Hubo un toque de sonrisa en la esquina derecha de su boca y un brillo en sus ojos azules cuando llegó a su punto máximo.

Su polla estalló, rociando su orgasmo en una línea suelta de un extremo de la mesa al otro.

La risa de Katy no fue la reacción que esperaba.

"Ha sido bueno", dijo ella. "Ahora lámelo".

Después de que un último escalofrío de placer lo recorriera desde los hombros hacia abajo, Patrick la miró con los ojos muy abiertos y las cejas arqueadas.

Miró su semen dispuesto en un ondulante chorro de líneas salpicadas de gotas y pequeños charcos sobre la mesa de mármol falso.

Sabía que la mesa estaba limpia, era meticuloso acerca de mantener limpia su negocio.

Su amplia sonrisa le dijo todo lo que necesitaba saber.

Ella no pensaba que él lo haría.

Con los pantalones y la ropa interior todavía alrededor de las rodillas, sosteniendo su polla dura, se inclinó y lamió el desastre que había producido.

Trabajó de un extremo de la mesa al otro, probando la parte superior de formica tanto como su semilla expulsada.

Levantó la vista y vigiló el estacionamiento y la puerta principal.

Nadie lo había visto.

Habiendo terminado, dudó antes de subirse los pantalones.

"¿Me puedo vestir?"

"Aprendes rápido", dijo.

Ella agarró sus bolas, mirando su mano acariciándolas por un momento antes de mirarlo.

"Si hacemos esto, soy dueña de esto. ¿Estás seguro de que eso es lo que quieres?"

"Sí, señora."

Ella acarició su polla aún dura.

"Ponte contra esa pared y espérame", dijo ella, como si hubiera tomado una decisión.

Con los pantalones todavía alrededor de las rodillas, expuesto a cualquiera que pudiera conducir o pasar por su tienda, Patrick se movió hacia donde ella le indicaba.

Desde detrás del mostrador, Katy tomó su teléfono celular de su bolso.

Los teléfonos celulares no estaban permitidos durante las horas de trabajo.

Encendiéndolo, apuntó su cámara hacia él y tomó una foto antes de moverse para pararse frente a él.

"Vístete", dijo, sentándose de nuevo a la mesa.

Patrick volvió a ponerse la ropa y se unió a ella.

El teléfono de Katy mostraba la imagen de él de pie junto al logotipo pintado en la pared.

Debajo de la imagen había dos botones, guardar y eliminar.

Ella colocó el teléfono frente a él.

"Ahora tu elección. Un botón lleva a tu destrucción. ¿El otro?" Ella se encogió de hombros. "Supongo que lo otro significa que acabo de recibir un show gratuito".

"¿Mi destrucción?"

Katy cubrió el teléfono con la mano.

"Hablo en serio, señor Adams. Mi papel se convierte en encontrar sus límites y empujarlo más allá de ellos. Cuanto más se retuerza, más divertido se vuelve para mí. La disciplina es solo una parte del trato. Si me falla, yo enviaré esa foto a la sede corporativa ".

"Sin embargo, es un juego sexual, ¿verdad?"

"Para uno de nosotros, lo será".

Cuando ella movió su mano, él presionó el botón Guardar.

CAPÍTULO 2

"Paraguas es tu palabra de seguridad", dijo, levantando su teléfono de la mesa y guardándolo en el bolsillo.

Explicó lo que significaba una palabra segura, cómo él la llamaría la única Ama cuando estuvieran solos, y la diferencia entre vivir en el mundo y ser "del" mundo.

"Vives en este mundo, pero ya no eres de él. No tienes derechos. Nadie debe saber de nuestro acuerdo. Miente a todos menos a mí".

A medida que avanzaba en su lista de instrucciones y reglas, comenzaron las dudas de Patrick.

Ella había pensado claramente en esto con mucho más detalle de lo que él había imaginado.

Cuando terminó, volvió a sacar su teléfono con la foto de él parado frente al logotipo.

Una vez más, había dos opciones, subir o cancelar.

"Si presiona cargar, se guarda en una carpeta privada en Internet. Si presiona cancelar, borraremos la imagen de mi teléfono y nos olvidaremos de todo".

Dudó antes de presionar cargar.

"Eres una estúpida, jodida perra", dijo ella, riendo y volviendo al mostrador.

Supuso que ella estaba guardando su teléfono celular.

En cambio, trajo su bolso de vuelta a la mesa y se sentó.

"¿Puedes ponerte duro otra vez?"

"Sí", dijo, la anticipación de su próxima orden lo excitaba.

"Bien. Tira tu ropa interior, ya no la necesitarás y déjame ver lo duro que puedes ponerte de nuevo".

Reconociendo su falta de elección en el asunto, Patrick se quitó los zapatos, se quitó los pantalones y la ropa interior, y tiró sus boxers.

Sentado sin nada junto a ella, volvió a frotar su polla.

No tardó mucho.

"Bien. Ponte los pantalones para el caso de que alguien entre".

Aliviado de que se le permitiera vestirse, volvió a colocarse sus pantalones.

"Gracias, Ama", murmuró, usando su nuevo título por primera vez.

Debajo del frente plisado, su erección aún era obvia.

"¿Tienes una cámara en tu teléfono?"

"Si Ama."

"Bien. Entonces debes enviarme una foto de tu polla dura cada cinco minutos. Exactamente cada cinco minutos. Y no una foto de ella a través de tus pantalones, sino de tu pene desnudo, ¿entiendes?" Sosteniendo su bolso, sacó las llaves de su auto y se levantó.

Patrick asintió con la cabeza.

"¿A dónde vas?"

"Ya no puedes preguntarme eso, perra".

"Lo siento, Ama", dijo, preguntándose cómo podría seguir siendo su jefe en el trabajo.

¿Eso todavía se aplica?

Buscando en el menú de su teléfono, encontró un temporizador y lo configuró durante cinco minutos.

Perdido en sus pensamientos, tuvo que revivir su erección para su primera foto.

Aburrido, caminó por la tienda, paseando hasta que pasaron otros cinco minutos.

Esta vez, su erección estaba esperando su foto.

Abrió la cremallera, sacó su pene, tomó la foto y estaba ocupado enviándola cuando unos faros se movieron por el estacionamiento.

Se dio cuenta de que estaba a la vista del automóvil con su polla dura sobresaliendo de sus pantalones.

Dio la espalda a la ventana, terminó de enviar el mensaje de texto y volvió a colocarse la polla en su sitio.

Durante las siguientes alertas de su temporizador, se mantuvo cauteloso.

Nueve veces, le envió a Katy fotos de su polla dura.

Después de la segunda, envió al resto desde la relativa privacidad de la oficina de su trastienda, seguro de que estaba a salvo de miradas indiscretas.

Se estaba preparando para sacar su décima foto de la tarde cuando se abrió la puerta de servicio.

Girando lejos de la puerta abierta, buscó a tientas con su teléfono y ocultando la polla, dejando caer su teléfono en el suelo antes de escuchar la risa de Katy.

"Solo date la vuelta", dijo.

Lo hizo, su polla dura sobresalía de su abertura.

Él vio la sonrisa encantada en su rostro y se sintió bien ser parte de ella.

Caminando alrededor de él, Katy pasó las manos sobre su cuerpo.

Ella agarró sus pectorales, le apretó el culo y, por el motivo que fuera, le pellizcó una de las orejas.

De pie frente a él, acarició su polla dura.

Se sentía extraño tener a esta joven empleada suyo tocándolo tan íntimamente.

Muchos centímetros más bajo que él, ella lo miraba mientras frotaba su polla.

"Has sido un buen chico", le dijo. "Cada cinco minutos, justo en el momento, me enviaste una foto. Eso merece una recompensa. ¿Sabía que me encanta chupar la polla, señor Adams?"

"No Ama", dijo, su polla palpitando dentro de su mano.

"Mm, sí. Me encanta la sensación de una buena polla larga y dura entre mis labios. ¿Sabe cuál es la mejor parte de chupar la polla, señor Adams? Sentirla explotar dentro de mi boca. Joder, me encanta esa sensación. Yo me mojo solo de pensarlo. ¿Sería una buena recompensa, señor Adams? ¿Le gustaría sentir mis cálidos y húmedos labios alrededor de su polla dura?

"Sí, Ama", dijo, aunque estaba seguro de que su palpitante polla era la respuesta suficiente para ella.

"O tal vez prefieres verme desnuda. ¿Te gustaría eso, señor Adams? ¿Quieres ver cómo me veo desnuda? Sé que no tengo grandes tetas, pero son alegres y mis pezones son realmente largos. Todos aman mis pezones. ¿Le gusta el coño afeitado? Así es como mantengo el mío, agradable y suave. ¿Quiere verme desnuda, señor Adams? "

Sintió que se le secaba la boca.

¿Lo estaba engañando?

¿Había una respuesta que fuera mejor que otra?

"Sí, Ama", repitió, emocionado por la idea.

"Hm, ¿qué debo hacer, señor Adams? ¿Debería chupártela o debería dejarte verme desnuda?"

Su necesidad había crecido mucho.

Obligado a elegir, eligió la respuesta que incluía un orgasmo en su boca para él.

Ella lo miró con las cejas arqueadas, esperando una respuesta a su pregunta.

"Una mamada sería buena, señora".

"Respuesta incorrecta", dijo ella, todavía frotándolo. "¿Te gustaría intentarlo por segunda vez?"

"Verla desnuda sería un privilegio, señora", corrigió rápidamente.

"Eso es cierto, debería ser un privilegio que me veas desnuda, pero sigue siendo la respuesta incorrecta".

Patrick se sintió perdido y confundido.

¿Cómo podrían ambas respuestas estar equivocadas?

Ignorando la mirada confundida en su rostro, ella presionó hacia adelante.

"Desnúdate", le dijo ella, retrocediendo y mirando mientras él se quitaba la ropa.

Se quitó todo, desde su camisa con el logo hasta sus zapatos y calcetines.

"Bien, ahora inclínate y toma tus tobillos".

Hizo lo que le dijeron, sin saber qué esperar hasta que sucedió.

Usando una de las espátulas de mango largo que se usaban para limpiar las máquinas de yogurt, Katy le dio una nalgada.

La herramienta de calidad de restaurante emitió un fuerte golpe mientras rebotaba en su trasero izquierdo.

Un momento después, sintió el aguijón de su ataque.

Ella lo siguió con un segundo golpe en la nalga derecha.

Una vez más, experimentó un retraso momentáneo antes de que su cuerpo registrara el dolor del golpe.

Una y otra vez, ella lo golpeó, alternando nalgas y ubicaciones precisas hasta que su trasero se sintió caliente y ardiendo.

Hizo una mueca con cada golpe trasero.

Finalmente se detuvo.

"Mantén tus ojos hacia adelante", le ordenó.

Se mantuvo congelado en su lugar, incapaz de ver o adivinar lo que estaba haciendo hasta que lo sintió.

Ella estaba presionando algo contra su ano.

No sabía de qué se trataba.

Supuso que no era un dedo y ella lo había lubricado de alguna manera.

Se sentía incómodo, pero era delgado y ella era amable al trabajarlo dentro de su ano.

"Mantenlo ahí o te golpearé de nuevo", dijo, resolviendo el misterio.

Le había empujado el mango de la espátula por el culo.

Cuando ella lo soltó, sintió que amenazaba con resbalarse de su trasero y lo apretó, deseando que permaneciera en su lugar.

Ella se movió frente a él, agarrando su barbilla y volviendo su rostro hacia el de ella.

Ella resolvió un segundo misterio para él.

"La respuesta correcta era 'Lo que quieras, Ama'". Sacó el juguete improvisado de su trasero y él la escuchó tirarlo al fregadero. "Puedes quedarte desnudo. Tal vez decida recompensarte más tarde".

"Gracias, señora", dijo, sintiéndose vulnerable y expuesto.

El timbre de la puerta sonó y Katy se adelantó, dejándolo.

La escuchó hablar con el cliente con su habitual alegría.

Esperando que eso estuviera bien, se puso de pie.

Le dolía el culo, pero su polla aún estaba dura.

Pasó el resto del día escondido en la trastienda.

Al final del día, ella se fue a su casa necesitado de un orgasmo y con una lista de suministros en su bolsillo.

"Te llamaré mañana y comenzaremos con tu entrenamiento", dijo ella, dejándolo desnudo en la trastienda de la tienda.

CAPÍTULO 3

Eran las once y media de la mañana cuando su teléfono sonó con un mensaje de Katy pidiéndole su dirección.

Al mediodía, ella apareció en su escalón delantero.

Patrick había completado su lista, se había afeitado la polla y las bolas, y estaba ansioso de anticipación cuando le abrió la puerta.

De pie en el pequeño vestíbulo, ella lo inspeccionó, pasando su mano por encima de sus pantalones sobre su carne afeitada.

Su polla bailó por la atención.

"¿Estás en necesidad?" ella preguntó.

"Si Ama." Él así estaba.

Había pasado la noche y su mañana excitado y duro.

"¿Quieres un orgasmo?"

"Su voluntad, Ama", dijo, con cuidado de no repetir el error de ayer.

La vio sonreír, captando su cuidadosa respuesta.

"Aprendes rápido", dijo ella, agarrándolo por la polla y guiándolo a su pequeña casa.

Era su primera visita y se dio un recorrido por el bungalow de dos dormitorios y dos baños.

Ella lo empujaba detrás de ella mientras se movía de una habitación a otra.

Viviendo solo desde su divorcio, Patrick mantenía su espacio meticulosamente limpio.

Ella se detuvo frente a su tocador.

"Abre tu cajón de ropa interior".

Cuando él abrió el cajón superior, ella sacudió la cabeza.

"¿Qué es esto?" preguntó ella, sosteniendo un par de calzoncillos.

"¿Ropa interior?" él respondió confundido.

"¿No te dije que ya no los necesitarías más?"

"Sí, Ama", dijo, retorciéndose.

Ella había estado en casa por menos de diez minutos y él ya la había decepcionado.

"¿Qué tipo de hombre dobla su ropa interior?" preguntó, sacando cada par de boxers y arrojándolos por la habitación.

Dejándolo parado en su habitación, ella regresó de la habitación principal con el paquete de pinzas de ropa de su lista de compras.

Al abrir el paquete de clips de plástico, comenzó a sujetar uno tras otro los clips de colores del arco iris en sus bolas.

El dolor era exquisito.

Mientras agregaba cada clip, su polla se balanceaba y palpitaba.

"Ahí tienes", dijo ella, inclinándose hacia atrás para admirar su trabajo. "Diez pares de ropa interior. Diez pinzas para la ropa. Ahora recoge los boxers con los dientes y tíralos".

Patrick se puso a cuatro patas y se arrastró por su habitación.

Uno por uno, tomó un par de boxers con la boca, lo llevó a la papelera en la esquina y lo dejó caer dentro.

Las pinzas para la ropa en sus bolas se sentían como picaduras de abejas, pero su polla se mantuvo dura.

Estaba en el último par cuando una de las pinzas de la ropa se abrió camino fuera de sus bolas.

Cualquier esperanza que tuviera de que ella no lo notara o no le importara desapareció rápidamente.

"Bastardo sin valor", dijo, levantando la pinza de plástico. "Levántate."

Él lo hizo.

Ella volvió a colocar la pinza y agregó una más a cada uno de sus pezones.

"Espera aquí", instruyó, volviendo nuevamente a la otra habitación.

Dándole la vuelta, ella usó un trozo de cuerda para atarle las manos a la espalda.

Luego, ella envolvió una bufanda alrededor de sus ojos, cegándolo.

Con las manos sobre sus hombros, ella le dio la vuelta y lo apoyó contra la pared.

Estaba de pie, escuchando atentamente.

Él la sintió todavía frente a él.

Si miraba por el puente de su nariz, podía ver su polla dura, las pinzas para la ropa en su cuerpo y sus pies.

Sintiendo algo suave contra sus dedos de los pies, miró hacia abajo para ver un par de bragas descansando sobre sus dedos.

Un momento después, se unieron con un sujetador.

Su polla palpitó cuando se dio cuenta de que Katy también se había desnudado y la oyó moverse a la cama.

Luchó contra el impulso de levantar la barbilla para poder ver su cama.

Escuchando, escuchó sus suaves gemidos de placer y el leve y húmedo ruido de los dedos frotando un coño.

La escuchó jadear cuando un orgasmo la alcanzó.

Cuando ella metió dos de sus dedos dentro de su boca, él probó su sexo por primera vez.

"Cuando estés listo para tratar de servirme correctamente, estaré en la sala de estar. Quítate esa mierda y únete a mí".

Al mirar por el puente de su nariz, la vio tomar las bragas y el sostén antes de oírla salir de la habitación.

CAPÍTULO 4

Cuando movió las manos, le resultó fácil deshacer el trabajo que ella había hecho azotando sus muñecas.

Le pareció interesante que ella no lo hubiera atado más fuerte.

Con las manos libres, se quitó la venda de los ojos.

El paquete abierto de pinzas para la ropa todavía estaba en su cama.

Se quitó las doce pinzas que llevaba puestas, las volvió a poner dentro de la bolsa y entró en la otra habitación.

Encontró a Katy desnuda en la mesa del comedor donde había colocado los suministros de su lista.

Su firme y pequeño trasero oscuro estaba tan bronceado como su espalda.

Ella se volvió cuando lo escuchó.

"Se te ve bien", dijo, sonriendo.

"Gracias Ama", dijo.

Su polla palpitaba mientras disfrutaba al verla tan preciosamente desnuda.

"¿Las bolas duelen?"

"Un poco", admitió.

"Relájate", dijo, abriendo un par de paquetes. "Se supone que esto es divertido, ¿recuerdas?"

Quería preguntar para quién, pero se quedó callado.

"Tantos juguetes", reflexionó.

Cuando ella lo miró, sus ojos bebieron la belleza de su cuerpo desnudo y joven.

Admiraba sus senos firmes y alegres y los largos y duros pezones que sobresalían orgullosamente de esas olas gemelas.

Debajo de su estómago plano, vio que estaba afeitada.

Su coño parecía hinchado por su reciente orgasmo.

"¿Tienes algo de comer por aquí?" preguntó ella, volviéndose y dirigiéndose a su cocina.

Ella abrió su refrigerador como si fuera suyo.

Dejando a un lado dos tazas de yogurt, rebuscó en los cajones de la cocina hasta que encontró dos cucharas.

Tirando de la parte superior de uno, lo sostuvo frente a su polla.

"Mastúrbate", le dijo ella.

Necesitado, Patrick comenzó a acariciar su polla.

Ella lo miró con una mirada de satisfacción en sus ojos.

"A la mierda que se te ve caliente", dijo.

A medida que se acercaba su orgasmo, apuntó su cabeza de polla al recipiente abierto de yogur.

No necesitaba que le dijeran que allí era donde ella quería su orgasmo.

La fuerza de su orgasmo agitó el yogur.

"Bien", dijo ella, revolviendo el yogur antes de entregárselo con la cuchara todavía dentro de la taza.

Cogió el otro del mostrador.

"Adelante. Disfruta", dijo, mientras se echaba una cucharada del yogur, sin removerlo, en la boca.

Patrick se comió el suyo, consciente de que estaba comiendo su corrida al mismo tiempo.

Se sintió humillado y emocionado por la idea.

Los ojos de Katy bailaron sobre él tan abiertamente como sus ojos la absorbieron.

"¿Cómo está el yogurt?" ella preguntó.

"Bien", dijo, sin estar seguro de haber probado el semen.

"¿Cuánto tiempo pasará antes de que te pongas duro otra vez?"

"No lo sé", admitió.

Su polla había perdido su firmeza, pero seguía estando gorda y de aspecto completo.

"Voy a torturarte hasta que vuelvas a estar duro", dijo antes de meter otra cucharada de yogurt entre sus labios.

Se preguntó si ella podría verse aún más excitante.

"Como desee, Ama", respondió, experimentando una extraña mezcla de miedo y emoción.

CAPÍTULO 5

Terminando su yogurt, encontró un vaso alto en su armario y lo llenó de agua.

Se dio cuenta de cómo había encendido el filtro de agua antes de llenar el vaso.

Se lo entregó y ella le dijo que bebiera.

Después de que él se tragó el vaso de agua, ella lo volvió a llenar.

"Otra vez."

Le tomó más tiempo tomar el segundo vaso grande.

Llenó el vaso por tercera vez.

"Tómate tu tiempo", dijo, "no es una carrera".

Tomó un sorbo de agua, sintiéndose hinchado por los dos primeros vasos.

Sentada a la mesa, recogió la cuerda más delgada que había en su lista.

Era un cuarto de pulgada de nylon.

Con unas tijeras, cortó un metro de largo y luego abrió un paquete de encendedores.

Cuidadosamente enrollando el extremo cortado de la cuerda sobre la llama, fusionó los hilos juntos.

Patrick estaba fascinado.

Moviéndolo más cerca, ella envolvió un lazo de la cuerda alrededor de sus bolas.

Mientras él miraba, ella hizo una sola bobina, pasó el extremo cortado a través de la bobina, alrededor de la longitud de la cuerda, y nuevamente a través de la bobina.

"Se llama nudo de bolina", le dijo. "Es bueno por dos razones. Primero, porque es fácil de desatar. Segundo, una vez que está hecho, no se apretará".

Ella apretó la cuerda alrededor de la parte superior de su saco de bolas y terminó el nudo.

Estaba ajustado, pero no cortaba la circulación.

"¿Ves?" ella preguntó.

Cuando ella tiró de la cuerda, él se vio obligado a moverse hacia ella.

Haciendo una segunda bolina en el extremo opuesto de la cuerda, formó un segundo lazo.

Él hizo una mueca cuando ella tiró de la cuerda.

"Perfecto. Ahora date la vuelta e inclínate, he estado esperando para probar a este chico malo".

Antes de darse la vuelta, Patrick la vio recogiendo la pala de cuero que estaba en su lista.

Varias de las cosas en su lista requirieron una visita a una tienda especializada en una parte poco recomendable de la ciudad.

La tienda en especial ofrecía tatuajes, piercings, tenía una línea completa de accesorios de "tabaco" y un área exclusiva para adultos que presentaba una amplia gama de ayudas "matrimoniales".

Junto con la variedad esperada de vibradores, consoladores, tapones y lubricantes, había una sección entera dedicada a látigos, cadenas, palas, accesorios de cuero y otros objetos que lo llenaron de terror tanto como lo había excitado.

Después de un día de haber sido molestado por Katy, lo había encontrado muy emocionante.

Ahí fue donde encontró la cuerda, la paleta y muchas otras cosas depositadas en la mesa.

Katy lo golpeó con la pala, golpeándolo una y otra vez hasta que su trasero se calentó como lo había hecho ayer.

La pala cubría ambos nalgas, aunque ella demostraba su puntería alternando entre ellas.

Ella se reía mientras trabajaba y cuando se detuvo, su trasero ardía y estaba tierno.

"¿Ya estás duro?"

"No Ama", informó.

Ella lo golpeó de nuevo.

"Bebe un poco más de agua, descansa e intentaremos esto nuevamente en unos minutos".

De pie en la mesa, la observó medir cuerdas más gruesas.

Después de cortar diferentes longitudes, derritió los extremos antes de que pudieran deshilacharse.

"El trabajo con cuerdas es un arte". Ella habló sobre páginas web dedicadas a la práctica y cómo solía practicar con su novia. "Nunca había engañado antes con esto, y solo jugamos con una cuerda", explicó. "Ella no es muy buena atando, pero fue amable al dejarme practicar. Y creo que le gustó".

Recogiendo sus cuerdas, arrastró una silla de la mesa hacia la sala de estar.

Hizo que Patrick yaciera sobre el asiento sobre su pecho y estómago.

Trabajando rápidamente con las cuerdas, ella ató sus muñecas a dos piernas e hizo lo mismo con sus rodillas, dejando su espalda expuesta a ella.

Arrodillándose frente a él, ella le ofreció un trago de su vaso de agua.

"Bebe", le dijo, vertiendo el agua más rápido de lo que él podía beber.

Moviéndose detrás de él, tiró de la cuerda que aún colgaba de sus bolas.

Patrick fue impotente para evitar que lo hiciera.

"¿Ya estás duro?"

"No Ama", dijo, preguntándose cómo se podría poner duro si ella lo lastimaba.

"Ah, eso es muy triste", dijo, volviendo a la mesa para tomar un pala.

Ella le dio un par de golpes, recuperando rápidamente el dolor punzante de sus nalgadas anteriores.

"¿Y qué tal ahora?"

"No Ama", repitió, sintiéndose impotente.

"Tal vez esto ayude."

Patrick sintió que empujaba un dedo dentro de su trasero expuesto.

Ella empujó tan profundo como pudo.

Sacando su dedo, lo hizo de nuevo con un segundo dedo.

Ella giró sus dedos, estirándolo y lubricándolo.

Ella reemplazó sus dedos con un tapón trasero.

Alcanzando entre sus piernas, ella acarició su polla.

Sus dedos todavía estaban resbaladizos por el lubricante.

Ella la frotó hasta que su polla volvió a estar dura.

"Mucho mejor", dijo.

De pie frente a él, recogió su ropa del sofá donde la había dejado.

Ella se la puso.

Deteniéndose para darle otro trago de agua, ella le dio unas palmaditas en la cabeza.

"No vayas a ningún lado", dijo ella y él la escuchó irse.

CAPÍTULO 6

Patrick no supo cuánto tiempo había pasado atado a la silla con el tapón trasero en el culo.

Supuso que llevaba una media hora, pero no tenía forma de medir el tiempo.

Intentó contar, marcar el tiempo pero le resultó difícil hacerlo constantemente.

Contando lentamente, llegó a seiscientos dos veces, pero sabía que había perdido la cuenta dos veces más cuando pensó que ella regresaría pronto.

Y no estaba seguro de cuánto había esperado antes de comenzar a contar.

Algo de tiempo, estaba seguro. ¿Cinco minutos? ¿Diez?

Le dolía el culo por las nalgadas.

Su polla se mantenía hinchada.

Joder, ella era muy bonita.

¿Dónde estaba ella?

¿Cuándo volvería?

¿Realmente jugaba juegos de amarre con su novia?

¿Cuál novia?

¿Se turnaban para atarse así?

Él comenzó a contar de nuevo.

Cuando llegó a trescientos, decidió que eran otros cinco minutos.

Estaba distraído por la necesidad de orinar.

¿De eso se trataba eso del agua?

Comenzó a contar de nuevo, al principio desde trescientos uno y luego decidió que no importaba.

Comenzó de nuevo la cuenta desde uno.

La nariz de Patrick le picaba.

Lo movió lo mejor que pudo.

¿Y si le hubiera pasado algo?

¿Quién lo encontraría así y cuánto tiempo tomaría?

Podía gritar, pero aún no.

Él comenzó a contar en voz alta.

"Uno. Dos. Tres ..."

Llegó a seiscientos otra vez.

Perdido en pensamientos preocupados, se dio cuenta de que ya no estaba duro.

Maldición, no podía dejar que lo encontrara así.

Quería que su polla volviera a crecer.

Se imaginó el cuerpo desnudo de Katy, su lindo trasero y sus alegres tetas.

Maldición, tenía que orinar.

Sus pezones eran tan gordos y grandes.

¿Cómo los escondía cuando estaba en el trabajo?

Él se rió, imaginándola caminando por la sección de comida congelada de una tienda de comestibles.

¡Maldición, eso sería un gran espectáculo!

Cuando comenzó a contar de nuevo, flexionó su polla con cada número.

En parte, porque tenía que orinar y en parte para mantenerse duro.

Estaba a punto de llegar a cien cuando oyó que se abría la puerta principal.

"Ah, me esperaste", dijo. "¿Todavía estás duro, espero?"

"Sí, Ama", dijo, aliviado de escucharla.

Katy le desató las cuerdas.

"Bueno, ponte de pie, sacúdete y echemos un vistazo".

Si bien las cuerdas nunca impidieron su circulación, aún le tomó un momento para ponerse en pie.

Su polla dura se levantó con orgullo.

"Mm, eso se ve bien", dijo, frotándola.

Ella estaba comiendo una manzana.

"¿Quieres un poco?" ella preguntó.

Ella frotó la manzana contra su polla y bolas antes de ofrecérsela por un bocado.

Cualquier lubricante que haya estado sobre él debe haber sido absorbido por su polla, pero el simbolismo no se lo perdió él.

"¿Sediento?" preguntó ella, frotando la manzana en su polla de nuevo antes de darle un segundo mordisco.

"No, Ama. Necesito orinar".

"¿Perdón?"

"Lo siento, puedo esperar".

"Toma, bebe un poco de agua", dijo ella, entregándole el vaso.

Tomó un sorbo.

"Ah puedes beber más que eso", insistió.

Tomó otro sorbo.

"Vamos, un poco más".

Usando la cuerda atada a sus bolas como correa, ella lo llevó a la cocina, abrió el agua y llenó su vaso.

El sonido del agua corriendo aumentó su necesidad de orinar.

Ella sonrió cuando él se retorció.

"¿Algún problema?"

"Realmente me tengo que ir", admitió.

"¿Perdón?" preguntó ella, dejando correr el agua.

El asintió.

Ella le entregó el vaso y le dijo que volviera a beber.

Mientras él sorbía el agua, ella abrió el congelador, sacó un par de cubitos de hielo y los arrojó dentro del vaso.

Tirando de su correa, ella lo condujo de vuelta a su sala de estar.

"Necesitaré tu ayuda con esta posición", dijo.

Ella lo hizo recostarse en el suelo, acurrucarse y poner las rodillas sobre su cabeza como si estuviera atrapado en medio de un salto mortal.

"¡Perfecto!" ella le dijo, acariciando su trasero.

Haciéndolo más fácil para él, ella hizo que descansara la espalda contra el frente de su sofá.

Si bien la posición era molesta, no era incómoda.

Moviendo la silla cerca de su cabeza, ella le azotó las rodillas y lo encerró en la posición.

Sonriendo, ella acarició la parte inferior de sus bolas.

"¿Confortable?"

"En realidad no", dijo, preocupado de que ella lo dejara así.

"Ah, pero esto es muy divertido", dijo ella, sacando el juguete de su trasero.

Regresando a la mesa, regresó con un consolador largo y delgado y más lubricante.

Aplicando un poco de lubricante al juguete, lo metió dentro de su culo hacia arriba.

"¿Ves? ¿No es divertido?"

Patrick no respondió.

Su polla estaba dura, apuntando directamente a su cara, y todavía necesitaba orinar.

Ella empujó el juguete hacia arriba y hacia abajo, como si estuviera batiendo mantequilla.

"Vamos, admite que te gusta esto".

Como no lo hacía, ella frunció el ceño.

"Apuesto a que también puedo pegarte así". Ella se levantó, tomó la pala y le dio unos golpes a su tierno trasero. "¿Eso está mejor?"

"No Ama".

"¿Pero no es esto lo que querías? Dijiste que querías ser controlado, ¿no?"

"Si Ama."

"Usado. Humillado. ¿Abusado?"

"Si Ama."

"Atado, ignorado, o cualquier otra cosa que elija hacer, ¿verdad?"

"Si Ama."

"Bien. ¿Aún necesitas orinar?"

"Si Ama."

"¿Qué tantas ganas?" preguntó ella, levantando el vaso de agua helada y colocándolo contra el fondo de su saco de bolas.

"Muchas", dijo, obligándose a detener el flujo.

"Entonces adelante", dijo, con una amplia sonrisa malvada en su rostro.

Patrick luchó contra el impulso dentro de su cuerpo, lamentando todo.

Si hacía pipí ahora, haría pipí en su cara y su alfombra.

Su palabra segura vino a mi mente y se movió a sus labios.

"Para ..." dijo, deteniéndose antes de decir algo más.

"¿Sí?" preguntó, luciendo tan encantada ahora como siempre. "¿Ya te rompí?"

Ella movió el vaso alrededor de sus bolas, burlándose de él con su fría humedad.

Ella le echó un poco de agua en la cara.

Desde la cocina, todavía podía oír el agua corriendo por el grifo.

"¿Quizás esto ayude en su lugar?" preguntó ella, agarrando su polla y acariciándola. "Si te corres en la cara, entonces quizás te desate antes de que te orines a ti mismo".

Patrick deseó que fuera tan fácil, pero ese puente ya ha sido cruzado por su cuerpo.

Su necesidad era liberar su vejiga, no sus bolas.

"Por favor, Ama", rogó.

"Tu palabra segura es 'paraguas'", le recordó. "Dilo y te desataré. Dilo y todo esto termina".

Patrick gimió.

Él no lo diría.

No podía.

Ella no iba a ganar.

"Jódete", dijo.

"Oh, respuesta incorrecta", dijo ella, vertiendo el agua helada sobre él.

Los cubitos de hielo rebotaron en su rostro mientras el agua salpicaba contra él.

Ella rió.

"Soy muy paciente", dijo.

Dejando el vaso a un lado, comenzó a quitarse la ropa.

Desnuda, ella se sentó a horcajadas sobre él.

"Toda esta charla sobre orinar me hizo tener ganas a mí".

Levantó el vaso, lo sostuvo entre las piernas y soltó la vejiga.

Observó el vaso llenarse con su orina.

Escuchó el chapoteo que hizo.

Fue demasiado para él.

Orinó, salpicando su rostro con la corriente cálida y húmeda.

La cálida orina salpicó su boca y le subió por la nariz.

Cuando jadeó buscando aire, se la llevó a la boca.

Incapaz de detenerse, ralentizar o controlar el flujo, le entró en los ojos y el cabello, y cuando trató de apartar la cabeza de él, en los oídos.

Lo peor era cuando le subía por la nariz, obligándolo a jadear por aire y escupirlo por la boca.

Su corriente disminuyó hasta que la última parte débil de su necesidad roció su cuello y pecho.

Riendo, Katy le dio la vuelta a su vaso y también le echó el pipí encima.

CAPÍTULO 7

Sus hábiles dedos desataron los lazos alrededor de sus rodillas.

Ella le permitió desenrollarse, pero lo mantuvo tendido sobre la alfombra mojada.

Sus manos lo guiaron mientras él mantenía los ojos cerrados por la orina en su rostro.

Ella lo hizo girar, tumbarse y sintió que se arrodillaba sobre su cabeza.

Echó un vistazo y la vio a horcajadas sobre su cabeza.

"Abre la boca", dijo, presionando su coño contra su cara.

"Vaya, un poco más", dijo, rociando un último chorro de orina en su boca antes de frotarlo contra su rostro.

Acostado en un charco de orina, se comió su coño, lamiendo y chupando su clítoris y sus labios desnudos mientras su polla palpitaba con una necesidad diferente.

Humillado, avergonzado, mojado y sintiéndose sucio, todavía sentía la lujuria por un orgasmo que solo ella podía permitir.

Riendo y chillando, ella se corrió.

"¡Maldición, señor Adams, usted es bueno en eso!"

Todavía cegado por la orina en su rostro, ella ayudó a Patrick a ponerse de pie.

Tirando de la cuerda alrededor de sus bolas, ella lo llevó al baño y lo ayudó a pasar por el borde de la bañera.

Abriendo el agua, ella lo dejó detrás de la cortina plástica de la ducha.

Se duchó, se secó y la encontró sentada en el comedor con la ropa puesta.

Al llamarlo, ella desató la cuerda alrededor de sus bolas, señalando que incluso mojado, su nudo era fácil de desatar.

"Hiciste un buen trabajo", le dijo ella, sosteniendo sus caderas. "Esta es tu recompensa".

Acariciando sus bolas afeitadas, chupó su polla, dándole la mejor mamada que podía recordar.

Le advirtió antes de venirse, en caso de que no le gustara tragar.

Algunas mujeres eran reacias al respecto, pero ella no se detuvo.

Pero después de que él se vino, ella se levantó, acercó su rostro al de ella y lo besó profundamente.

Mientras se besaban, ella empujó su orgasmo de su boca a la de él.

CAPÍTULO 8

Después de que ella se fue, él se vistió y alquiló un limpiador de alfombras.

El requisito de estar desnudo con la mayor frecuencia posible era más fácil que tratar de estar constantemente duro.

Pero después de su tarde juntos, encontró las dos cosas fáciles.

Imaginar a su Katy desnuda lo emocionaba.

Su sentido de propiedad pronto lo metería en problemas.

"¿Quién soy?" Katy le preguntó cuándo llegó al trabajo.

Era la segunda vez que hacía la pregunta.

"Mi Ama", respondió de nuevo, aunque la duda se apoderó de él.

"Asume el puesto", exigió.

Dejándose caer los pantalones, se inclinó, exponiendo su trasero desnudo hacia ella.

Ella usó una de las espátulas de la tienda otra vez.

Después de poner ambas nalgas rosadas, ella le preguntó de nuevo.

"¿Quién soy?"

"¿Katy María Gonzales?" él tentó.

"Joder, eres una estúpida perra", dijo, golpeándolo de nuevo.

Katy tenía un sistema para azotarle el culo.

Ella alternaba las nalgas y otras ubicaciones, produciendo una sensación uniforme y punzante desde la parte superior de sus muslos hasta la parte inferior de su espalda.

Su primera serie de golpes había picado.

La segunda serie le prendió fuego.

"Aquí tienes tu pista. Estabas más cerca la primera vez. Ahora dime, ¿quién soy yo?"

"¿Ama Katy?" el intentó de nuevo.

"¡Maldita sea, estabas tan cerca!" dijo ella y lo golpeó varias veces más en cada nalga. "¿Quién soy?"

"Ama, por favor", rogó. "No lo sé."

"No, ya sabes", dijo, arrojando la espátula al fregadero. "Lo acabas de decir. Soy Ama. NO soy tu Ama. Soy Ama para quien yo quiera. Maestra y sólo Ama, ¿me entiendes?"

"Sí, Ama", dijo.

Katy se abofeteó la cara. "

Levántate. Déjame mirarte. ¿Estás duro?"

Patrick se enderezó, asustado.

Había estado duro.

Estaba duro cuando ella llegó al trabajo, pero durante la brutalidad de sus nalgadas, su erección se había desvanecido.

Su polla quería estar dura, pero su cuerpo encontró difícil resolver los mensajes mezclados con un trasero dolorido.

Su polla se destacaba directamente de su cuerpo en esa posición de medio mástil entre una erección completa y estar demasiado suave para ser utilizada.

Ella bajó la mirada hacia su polla.

"¿Y si quisiera follar ahora? ¿Podrías follarme con eso?"

"Sí, Ama", le aseguró, la idea resolvió la confusión en su cerebro.

Su polla se puso más rígida.

"¿Quieres un orgasmo?"

"Su voluntad, Señora". Patrick se negó a caer en sus trampas.

"Sí, mi voluntad", estuvo de acuerdo, buscando dentro de su bolso su teléfono celular.

Tocó un par de pantallas.

"Si lo deseo, ¿me darás un orgasmo ahora mismo?"

"Si Ama."

"Entonces tienes sesenta segundos para hacerlo", dijo, tocando su teléfono y mostrándole el temporizador.

Patrick trabajó su polla rápido y duro, esforzándose por llegar al orgasmo en el tiempo requerido.

No sucedió.

"Oh, lo siento mucho", dijo Katy, sonriendo. "Mejor suerte la próxima vez."

Levantando la espátula, le dio seis golpes más antes de permitirle que se vistiera.

CAPÍTULO 9

La próxima vez pasó una hora después.

"¿Todavía estás duro para mí?" preguntó ella cuando terminó de atender a una anciana y a su esposo.

"Sí, Ama", informó, dando un paso alrededor del mostrador para que ella pudiera ver el bulto dentro de sus pantalones.

"Sesenta segundos", le dijo ella, sacando su teléfono del bolsillo e iniciando el cronómetro.

Patrick entró corriendo en la trastienda, abriéndose los pantalones e intentó masturbarse para ella.

Cuando él no pudo producir un orgasmo en el tiempo asignado, ella agitó su dedo en círculo, indicando que debería darse la vuelta.

Seis golpes más le devolvieron el calor, la quemadura y la picadura en el asediado culo.

"Ve de nuevo", dijo ella, reiniciando el reloj.

Recibió seis golpes más por fallar.

Decidido a ganar su juego, Patrick hizo todo lo posible para mantenerse al borde de un orgasmo.

Se frotó la parte delantera de sus pantalones, manteniéndose duro y necesitado.

Si había clientes, se frotaba contra el mostrador, con la esperanza de mantener su ventaja.

Pero cometió el error de correrse cuando Katy tomó uno de sus descansos asignados.

Después de esperar a un par de clientes, su mente se dejó llevar.

Cuando Katy regresó a la tienda, revisó el frente del local, sacó su teléfono y dijo: "Sesenta segundos".

Mientras lo intentaba, se dio cuenta de que no valía la pena el esfuerzo.

Aceptó su paliza y aprendió su lección: ¡Para estar listo, hay que mantenerse listo!

***

Terminó el día de trabajo sin recibir otra paliza u otro desafío de sesenta segundos.

Se sintió nervioso, su polla estaba hinchada y necesitada y le dolía más que el culo después de una de sus nalgadas.

Antes de irse, Katy acarició el bulto en la parte delantera de sus pantalones.

"Pobre bebé. Pareces listo para estallar".

De puntillas, ella le plantó un beso en sus labios y se fue.

Antes de cerrar la puerta, agregó:

"Recuerde, no hay orgasmos sin permiso".

CAPÍTULO 10

Katy tenía el día siguiente libre.

Trabajando en la tienda con uno de los otros miembros de su equipo, Patrick usó un delantal para ocultar su erección.

No quería estar duro.

No trató de ponerse duro.

Pero su necesidad era demasiado grande.

Cosas simples aceleran su imaginación.

Envió su empleado a casa temprano y cerró la tienda solo.

Sintiendo un mejor control, trabajó con un poco de papeleo antes de dirigirse a su casa.

* * *

Cuando llegó a casa, vio los suministros de Katy colocados en la mesa del comedor y tuvo un gran reacción.

Su polla se endureció cuando se quitó la ropa y se sintió solo.

Maldición, ¿se le había metido debajo de su piel tan rápido?

* * *

Pasó una noche inquieta frente al televisor deseando que ella llamara o pasara por allí.

Ella no lo hizo.

Le preocupaba que lo castigara.

Le preocupaba que ella hubiera perdido interés.

Pensó en llamarla o enviarle mensajes de texto pero decidió que no debía.

Sentado desnudo en su sofá, su polla se mantenía dura.

Con una sensación muy solitaria, se fue a la cama a las once.

CAPÍTULO 11

El viernes por la mañana, Katy llegó al trabajo dos minutos antes de abrir.

"Hola, señor Adams", sonrió radiante, tan llena de alegría como siempre.

"Buenos días, Ama", dijo, contento de que su polla estuviera duro para ella.

Katy pasó velozmente junto a él, comprobó la caja registradora y ayudó con el resto de la apertura.

"Parece un buen día, ¿crees que estaremos ocupados?"

"Probablemente", dijo.

"Supongo que estaré ocupada en las ventanas", dijo, recogiendo el taburete, el aerosol de la ventana y la pila de toallas de papel que necesitaría.

La limpieza de ventanas era una tarea habitual los viernes por la mañana.

A Patrick le gustaba que la tienda se viera muy limpia antes del fin de semana.

"¿A menos que tenga algo más que quiera que haga?"

"Como desee, Ama".

Ella le dio una sonrisa y se puso a trabajar, dejándolo preguntándose qué estaba pasando.

¿Había abandonado su juego?

* * *

El soleado día de primavera atrajo a los clientes.

Pronto, estaban ocupados reabasteciendo la barra de relleno, monitoreando las máquinas de yogurt congelado y limpiando después de que se fueran los clientes.

Patrick estuvo todo el tiempo dándole vueltas, queriendo preguntarle a Katy si las cosas estaban bien entre ellos, pero no pudo encontrar las palabras.

Preguntó antes de tomarse un descanso, tomó solo media hora, y luego sugirió que él también tomara uno.

Patrick no necesitaba un descanso, pero no quería decepcionar a la Ama.

Se sentó en su auto durante media hora, con la polla ansiosa por la atención que ella se negó a prestarle.

CAPÍTULO 12

El viernes y el sábado, la tienda permaneció abierta hasta las nueve.

A las cuatro, apareció el segundo turno.

Cuando vio a Katy preparada para irse, Patrick entró en la trastienda, esperando una pista de lo que estaba sucediendo.

Ella se detuvo frente a él, bajó la mirada hacia el firme interior de sus pantalones y sonrió.

Le frotó el bulto y dijo:

"Te veré esta noche".

* * *

Cerca de la medianoche, Patrick dejó de pensar en que la vería hoy.

Apagó la televisión y comenzó su rutina nocturna.

Le dolía la polla dura, palpitaba y exigía atención, pero se negaba a prestarla.

Estaba preparando la cafetera para la mañana cuando vio un destello de faros en su camino de entrada.

Él sonrió, preguntándose dónde debería estar cuando ella entrara.

¿Debería encender la televisión de nuevo y actuar de manera informal?

¿Debería estar junto a la puerta?

Abandonando el café, decidió arrodillarse frente a su puerta.

Una borracha Katy abrió la puerta de par en par.

Se tambaleó adentro con tres tipos cercanos a su edad.

"Mierda", dijo un hombre de cabello rubio con su brazo alrededor de Katy cuando vio a Patrick arrodillado en el suelo.

Era el único sobrio del grupo.

"¿Creías que estaba mintiendo?" Katy preguntó, acariciando el cabello de Patrick.

"¡Qué mierda!" dijo un joven musculoso con cabello oscuro.

"Oye, ¿este esclavo tuyo tiene algo de beber?" preguntó el tercer hombre, siendo el último en entrar. Se detuvo en la puerta. "¡Amigo, estás desnudo!"

"Está bien, esto es oficialmente extraño", dijo el rubio, pareciendo inseguro de sí mismo.

"A la mierda, Ben. Katy dijo que sería extraño", dijo el chico de cabello oscuro.

"Sí, pero maldición", insistió Ben, sosteniendo la cintura de Katy, pero mirando a Patrick.

"¿Los chicos desnudos te molestan?" Katy le preguntó.

"Simplemente es extraño. ¿Puedes hacer que se vista o algo así?"

"Podría, pero me gusta así".

"¿Te lo follaste?" preguntó el musculoso chico de cabello oscuro.

"Cojo con él", se rió Katy. "Mira con esto."

Después de hacer que Patrick se parara contra la pared, ella comenzó a sujetar pinzas para la ropa a sus bolas.

"¡Oh, mierda, eso tiene que doler!" dijo el último hombre en la casa de Patrick, retorciéndose e instintivamente llevando las manos a sus bolas.

"¿Tú quieres intentarlo?" ella le preguntó.

"¡De ninguna manera!"

"Vamos, Joe. Deja que te ponga una pinza en las bolas", se burló el chico de cabello oscuro.

"Jódete, Tom. Hazlo tú".

"Entonces, ¿tiene que hacer lo que tú digas?" Ben, el rubio sobrio, preguntó.

Todavía miraba con los ojos bien abiertos.

"Cualquier cosa", dijo ella, sonriéndole.

Había un brillo de satisfacción en sus ojos que hizo que Patrick se sintiera bien.

"Haz que se masturbe y se lo coma", dijo Tom, el chico musculoso.

Katy se volvió hacia el hombre de cabello oscuro y le agarró la entrepierna.

"No me digas qué hacer, Tom, o estarás parado a su lado".

Tom hizo una mueca.

"WOW baby, relájate. Solo estoy tratando de divertirme un poco".

"Yo también", dijo Katy, sosteniendo su agarre un momento más antes de que ella lo soltara.

Tom retrocedió un paso, dándole una mirada cautelosa.

Patrick sonrió de lado.

"Pero si ella te pidiera que hicieras eso, lo harías, ¿no?" Ben le preguntó a Patrick, sus ojos finalmente se alejaron de la entrepierna de Patrick.

Era una suposición de su parte, pero Patrick no respondió.

Katy lo consideró por un momento, sonrió y le dio un discreto asentimiento de aprobación.

"Él es mío, Ben, no tuyo", le dijo al rubio.

Quitó las pinzas de las bolas de Patrick, se dio la vuelta y se enfrentó al trío de hombres.

"Está bien, ¿quién quiere follar?"

"Tengo que amar a una mujer que sabe lo que quiere", dijo Joe.

"Parece que tenemos un ganador", dijo Katy, empujando a Joe frente a ella hacia la habitación de Patrick y tirando de Patrick detrás de ella por su polla dura.

"¿Vas a follarlos a los dos?" Ben preguntó.

"Quizás", dijo Katy.

Mientras avanzaban por el corto pasillo, Patrick escuchó que su televisor volvía a la vida cuando Ben y Tom comenzaron a reír.

Katy colocó a Patrick contra la pared al pie de su cama.

"¿Tiene que mirar?" Joe preguntó.

"¿A quién le importa?" Katy dijo, presionando contra el hombre.

Mientras lo besaba, ella empujaba su mano hacia una de sus tetas.

Cualquier preocupación que Joe tenía sobre Patrick desapareció.

Joe y Katy tuvieron sexo juntos.

Ellos jodieron pero Patrick no sabía cómo describirlo.

No había afecto, amor o pasión por lo que hicieron.

Katy rasgó la ropa de Joe, lo desnudó y frotó su polla dura mientras él terminaba de quitarle la ropa.

"Quiero comer esto", dijo, ahuecando su coño desnudo.

"Quiero joder esto", insistió Katy, empujando al hombre hacia atrás en la cama.

Ella se subió encima de él, guiando su polla dura dentro de su coño y rebotando.

"Estás loca como la mierda", dijo, agarrando sus alegres tetas.

"Solo cállate y muévete", dijo.

"No puedo durar", gimió.

Miró a Patrick, pero rápidamente apartó la vista.

Su jodienda duró unos pocos minutos.

"Córrete dentro de mí", le dijo Katy. "Quiero sentirlo."

"Oh, sí. ¡Joder, sí!" Joe dijo, con las manos en su culo.

Patrick observó que el placer del hombre lo consumía.

Observó mientras Joe se soltaba, liberando su orgasmo dentro de ella.

"¡Oh, joder, sí!"

Katy rodó fuera de él.

Acostada a su lado, lo besó.

"Gracias", ronroneó.

"Dame un minuto y podemos hacerlo de nuevo".

"Quizás más tarde", dijo, señalando la puerta con la cabeza.

"¿De verdad?"

"Dije que quería follar, eso es. Follamos. Ahora vete a la mierda", le dijo.

Joe parecía confundido, pero salió de la cama, se puso la ropa interior y los jeans y la miró.

"Eres un bicho raro", dijo.

"Probablemente tengas razón. Cierra la puerta detrás de ti".

Cuando él se fue, ella miró a Patrick.

"Límpiame."

De rodillas al lado de su cama, Patrick no dudó en presionar su boca contra su coño usado.

No le importaba el orgasmo de Joe.

En cambio, estaba encantado de que se le permitiera complacer a la Ama.

Lamió, lamió y chupó su depilado coño, deleitándose en cómo ella se retorcía debajo de él.

Él le dio el orgasmo que ella no tuvo con Joe.

"Suficiente", dijo ella, alejando su cabeza.

Ella señaló el pie de la cama.

Patrick no necesitaba más instrucciones que eso.

Se paró contra la pared, su polla dura goteaba líquido preseminal mientras ella salía desnuda de su habitación.

"¿Quién es el siguiente?" la escuchó preguntar.

Pareció haber una discusión en la otra habitación antes de que Ben entrara detrás de Katy.

Miró de un lado a otro entre Katy y Patrick.

Incluso cuando Katy lo desnudó, Ben siguió mirando a Patrick.

"No estás duro", dijo ella, frotándolo.

"¿Qué va a hacer?" Ben preguntó.

Katy estaba concentrada en la polla suave de Ben.

Hizo un gesto a Patrick para que se acercara.

Con una mano sobre su hombro, ella lo empujó hacia abajo.

"Él va a chuparte la polla mientras nos besamos", dijo. "Una vez que estés duro, podrás follarme".

Agarrando la cara de Ben, presionó sus labios contra los de él.

Manteniendo una mano alrededor de la parte posterior de su cabeza, empujó la cabeza de Patrick hacia adelante.

Patrick abrió la boca, tomando la polla flácida del joven entre sus labios.

Ben no estaba duro, pero tampoco estaba blando.

Su polla estaba llena, pero no lo suficiente como para estar dura.

Cuando Patrick chupó, sintió que la polla del hombre crecía.

Escuchó a los dos gemir dentro de la boca del otro cuando la polla de Ben encontró su fuerza.

"¿Quieres joder o quieres terminar en su boca?"

"Está bien", dijo Ben, mirándolos con la misma expresión de ojos abiertos que había estado usando desde su llegada. "Si acabo mientras me la chupa, ¿eso me hace gay?"

"No tú, pero te convierte en un hijo de puta", dijo Katy, riendo.

Ella empujó la cara de Patrick contra la entrepierna de Ben y volvió a besar al hombre, dejando a Patrick para terminar con él.

Patrick no sabía qué esperar.

Nunca consideró la idea de chupar una polla.

Sintió un cálido sonrojo llegar a su rostro cuando Katy señaló que ahora era un hijo de puta, pero pasó rápidamente.

Le gustaba que le chuparan la polla e intentaba hacer lo que le gustaba le hicieran a él.

Giró su lengua sobre y alrededor de la cabeza de la polla del joven.

Sacudió la cabeza de un lado a otro, sabiendo que se sentía bien cuando se lo hacían.

Sintió la polla del hombre, eso fue interesante, y se dio cuenta de que el hombre pronto llegaría al orgasmo dentro de su boca.

Sin saber cómo prepararse para la experiencia, mantuvo un ritmo constante y lo esperó.

Cuando sucedió, la fuerza del primer chorro contra el techo de su boca lo sorprendió, pero no lo amordazó.

El semen del hombre tenía un ligero sabor ácido, pero no era desagradable.

"¿Crees que también podremos follar?" Ben preguntó.

"Un orgasmo para cada cliente", dijo Katy, alejándose de Ben. "Tengo que orinar", dijo, saliendo de la habitación.

"¿Has hecho eso antes?" Preguntó Ben, poniéndose los pantalones.

"No", dijo Patrick.

"¿Fue raro?"

"En realidad no. Estuvo bien".

Los ojos de Ben volvieron a la dura polla de Patrick.

Echó un vistazo a la puerta abierta, se encogió de hombros y terminó de vestirse.

"Más tarde nos vemos amigo", dijo.

* * *

Patrick se paró a los pies de la cama mientras Katy y Tom se pusieron manos a la obra.

Tom estaba más borracho que Joe.

Una vez que estuvo desnudo, no le importó la falta de juego previo de Katy.

Golpeó el trasero desnudo de Katy.

"¿Estás lista para esto?" preguntó.

"Adelante", dijo, dejándose caer de espaldas sobre la cama.

"Está bien", dijo, abriendo la parte delantera de sus pantalones.

Sin bajar más los pantalones que hasta el trasero, cayó sobre Katy y comenzó a follarla.

"Hazlo, jodido semental. Córrete para mí".

"Oh sí, bebé. Voy a hacerlo", prometió.

Se movió más rápido, sacudiendo la cama de Patrick, pero no duró más que Joe antes de arquear la espalda y correrse.

"¿Cómo estuvo eso, bebé?"

"Normalito", dijo ella, alejándolo de sí misma.

"¿Ah sí? Dame un minuto y te lo mostraré de nuevo", dijo, sentándose en la cama y arañando sus tetas.

Katy apartó la mano de un golpe.

"Tuviste tu oportunidad. Ahora vete a la mierda".

"¿Por qué, entonces para hacerlo con él?"

"Tal vez", dijo ella. "A menos que quieras probarlo tú primero".

"Jódete", dijo Tom, parándose y subiéndose los pantalones. "¿Quieres que envíe de vuelta a Joe?"

"No, ya terminé. Ve a tu casa".

"Ah, no seas así, bebé".

"¿No seas como qué?"

"No lo sé, ¿una perra?"

Katy saltó de la cama en una oleada de manos agitando, abofeteando al hombre mucho más grande.

"¿Cómo coño me llamaste?"

"¡Oye, oye, oye! Solo estaba bromeando", dijo, retirándose.

"¡Salgan!" gritó ella, siguiéndolo por el pasillo. "Todos ustedes. Váyanse a la mierda".

Patrick escuchó algunas objeciones confusas.

Se movió hacia el pasillo, de pie detrás de la Ama y con los brazos cruzados.

"Escuchaste a la mujer. Vete a la mierda antes de que sea mi turno de follarte".

Eso pareció convencer a los hombres más jóvenes de que era hora de irse.

"¡Maldito maricón!" Gritó Tom, el último en salir por la puerta.

CAPÍTULO 13

"Buen trabajo", dijo Katy, volviéndose y sonriéndole.

Tirando de él de la mano, ella lo llevó a su sofá.

Apagó la televisión, se sentó y abrió las piernas.

"¿Todavía quieres comer este coño?"

Parte del semen de Tom se había filtrado de su coño y corría por su muslo.

"Sí, Ama", dijo Patrick, arrodillándose.

Sosteniendo su pantorrilla, comenzó lamiéndole el muslo, su lengua trazando la longitud del semen.

Tomándose su tiempo, lamió el resto de su coño afeitado antes de enterrar su lengua entre sus labios inferiores.

Katy se retorció y gimió de placer una y otra vez antes de detenerlo.

"Suficiente", dijo ella, alejándolo.

Acunando su rostro mojado, ella lo consideró por un largo momento.

Inclinándose hacia adelante, ella lo besó, empujando su lengua dentro de su boca.

"Te gusta esto, ¿no?"

"Me gustas, Ama", admitió.

"Siéntate", dijo, acariciando el sofá a su lado.

Inclinándose hacia adelante, recogió un par de pinzas que quedaban en la mesa de café.

Ella las puso a sus pezones antes de balancear su pierna sobre él, mirándolo a horcajadas.

Se colocó justo hasta que su cálido y húmedo coño se deslizó alrededor de su polla dura y dolorida.

Ella se acomodó encima de él, sin moverse.

Su polla palpitaba locamente dentro de ella, amenazando con llegar al orgasmo por nada más que la sensación de ella a su alrededor.

Katy le acarició la cara.

"Le chupaste la polla". El asintió. "Sabes que eso te hace maricón, ¿verdad?"

"Su voluntad, Señora".

Ella lo besó.

"Creo que te creo".

"La Ama debería", dijo, seguro de que estaba cruzando una línea al decirlo, pero ella lo recompensó con otro beso.

Mirándolo de nuevo, ella puso sus manos sobre sus hombros.

Lentamente, ella se levantó de él una vez antes de establecerse nuevamente.

Una vez más, su polla palpitaba profundamente en su necesidad.

"He querido esto por mucho tiempo", le dijo. "Desde antes de que comenzara nuestro juego".

Patrick la miró sin saber qué decir.

Decidiendo que era mejor permanecer en silencio, lo hizo.

Ella se levantó de él y bajó de nuevo, sonriendo cuando su polla palpitó de nuevo.

"¿Cuántas veces crees que puedo hacer eso antes de que te corras?"

"No muchas", admitió.

"Si le hubiera dicho a uno de esos tipos que te jodiera el culo, ¿lo habrías dejado?"

"Sí, Ama. Tu voluntad. Siempre."

"¿Cómo se siente eso?"

De nuevo ella se levantó y cayó.

"Entregarte tan completamente. ¿Qué se siente?"

"Celestial."

"¿Qué pasa si te dejo ahora mismo?" preguntó ella, apartándose.

Ella le empujó hacia atrás, sentándose más cerca de sus rodillas mientras su polla dura bailaba en el aire.

"¿Sería cruel si te dejara así de duro?"

"Tu voluntad."

"¿Debo usar la pala de nuevo?"

"Tu voluntad."

"¿Y no te importaría? ¿No necesitas un orgasmo?"

"No tanto como creo que necesito esto", dijo, señalando con la cabeza las pinzas de sus pezones y queriendo decir todo.

"Explícate."

"Te siento en todas partes. Siempre".

"¿Incluso hoy cuando te ignoré?"

"Especialmente hoy. Estaba confundido, temía que no me quisieras, pero eso no cambió nada para mí".

Riendo, ella se movió sobre él.

"Estuviste muy duro en el trabajo hoy".

Su polla palpitaba con nueva fuerza.

Estaba contento de que ella lo hubiera notado.

"Por usted, Ama. Gracias a usted, ayer también estuve duro".

Ella se rio de nuevo.

"Lo sé. Lo escuché. Estás teniendo una buena reputación para tener un problema".

"Sí. Tú, Ama."

"Esto es para mí", dijo ella, levantándose y cayendo sobre él. "No te detengas. Dámelo. Quiero esto. Quiero sentir que te vienes dentro de mí, por mí".

Ella lo jodió con golpes largos y lentos; como si estuviera saboreando la sensación de él.

"Hazlo", ronroneó ella. "Córrete para mí."

Como por orden, aunque probablemente fuera por necesidad acumulada, Patrick lo hizo.

Llegó con una fuerza y satisfacción que curvó los dedos de sus pies.

La vio mirándolo, estudiándolo mientras su orgasmo funcionaba a través de su cuerpo.

"Joder, eso estaba caliente", dijo ella cuando él se relajó, gastado por el momento.

Alcanzando entre ellos, ella frotó su clítoris, llevándose a un orgasmo que él sintió como una serie de apretones rítmicos alrededor de su polla aún dura.

"¿Puedes hacerlo de nuevo?"

"Creo que sí", dijo, retorciéndose debajo de ella.

El cuerpo de Katy estaba tan bien y su necesidad era tan grande que sintió que podía hacerlo cientos de veces más esa noche y aun así querría hacerlo de nuevo.

Ella se movió arriba y abajo, deleitándolo.

"¿Ya estás listo?"

Sintiéndose como un chico de dieciocho años, asintió.

"Creo que lo estoy."

"No, perra. No pienses. Dime. ¿Estás listo? ¿Puedes llenarme por segunda vez?"

"Sí", dijo, sintiendo un pulso tranquilizador de su polla.

"Bien", dijo ella, balanceándose sobre él un par de veces más antes de detenerse.

"Joder, eso es bueno", ronroneó, con los ojos cerrados.

Permaneciendo quieta, tomó varias respiraciones lentas y profundas.

"Está bien", dijo ella, abriendo los ojos. "Estoy bien."

Patrick sonrió, sin saber a qué se refería, pero lo encontró divertido.

Parecía que estaba tratando de recomponerse.

Ella sacudió la cabeza, volteándose el cabello moreno sobre los hombros antes de quitarle las pinzas de la ropa de los pezones.

Ella frotó su pecho, como si estuviera limpiando el dolor.

"¿Está bien si te llamo Patrick?" ella preguntó.

Era la primera vez que la había escuchado usar su primer nombre.

"Su voluntad, Señora".

Katy sacudió la cabeza.

"No, así es como lo digo en serio. Quiero decir, ¿puedes ser solo Patrick por un momento y yo solo soy Katy?"

"Supongo", respondió confundido.

"No, lo digo en serio. Esto no es una orden, es solo una pregunta. Solo quiero ser Katy y Patrick por un minuto. ¿Podemos hacer eso?"

"Sí, supongo", repitió. "Una especie de momento extraño".

"Lo sé", dijo y parecía nerviosa. "Pero es importante y quiero la respuesta real". El asintió. "Cuando eres mi esclavo, ¿hay algo que no harías por mí?"

"Matar a alguien", dijo, encogiéndose de hombros. "Pero eso no es realmente un juego sexual, ¿verdad?"

"Correcto. Así es como lo digo en serio. Sexualmente. ¿Hay algo que no harías como mi esclavo sexual?"

"No puedo pensar en nada", dijo, su polla palpitaba, de acuerdo con él.

"¿Por qué?"

"¿Porque es divertido?" él ofreció.

"¿Ser azotado es divertido?"

"En cierto modo", dijo. "Quiero decir, duele, pero lo estás haciendo por una razón. Me duele más cuando te decepciono".

"Entonces, si quisiera verte ser violado en grupo por ciclistas, ¿lo harías?"

"Como tu esclavo, sí".

"¿Qué tal como Patrick?"

"Lo siento, no puedo de esa manera", se rió.

"Pero le chupaste la polla".

"Pero para Ama, aunque eres lo suficientemente caliente, probablemente yo también lo haría por ti".

"¿De verdad?"

"Probablemente no", admitió. "Quizás. No lo sé".

Ella se movió contra él.

"¿Esta bien?"

"Hace calor como el infierno, pero estoy bien".

"¿Puedes besarme? Quiero decir, como Patrick. ¿Puedes besarme?"

Inclinándose hacia adelante, lo hizo.

No estaba seguro de lo que ella esperaba, así que la besó como lo haría con cualquier amante.

Mientras su beso permanecía, él deslizó su lengua dentro de su boca y disfrutó el momento.

"¿Como eso?"

"Sí, eso estuvo bien".

Había sentido su coño contraerse durante su beso.

Sin que se lo preguntaran, la besó de nuevo.

Como antes, ella se retorció y su coño se contrajo.

"Una vez tuve una novia que me dijo que todas las mujeres deberían tener al menos una aventura con un hombre mayor".

"¿Es raro?"

"No, está bien. Tenía razón. Los mayores son mejores".

"Los hombres mayores se vuelven tontos por una cara bonita".

"¿Solo por la cara?" preguntó ella y ambos se rieron.

"Bueno, cara y otras cosas", dijo, acariciando sus largos y gordos pezones.

Cuando ella se inclinó hacia atrás, arqueando la espalda, él lamió, chupó y mordisqueó sus pezones.

"No pares", dijo ella, levantándose para besarlo antes de inclinarse hacia atrás para ofrecerle nuevamente su pecho.

Patrick no paro.

Él chupó sus tetas como lo haría si ella fuera su novia.

Él acarició su pequeño y apretado culo, palpando la carne firme de su trasero.

Cuando ella se retorció, él movió sus manos hacia sus caderas.

Guiándola de arriba abajo, se besaron y follaron.

A diferencia de los jóvenes con lo que había follado esa noche, Patrick se tomó su tiempo.

Él lo hizo con pasión, tomándola como lo habría hecho con una de los conejitas de fitness en el club de salud si hubiera tenido la oportunidad.

No se sorprendió cuando ella se corrió y no se detuvo.

La llevó a un segundo orgasmo, encontrando esta vez su propio orgasmo con el de ella.

"Maldición, Patrick" dijo ella, abrazándolo. "Estas bien."

"Tú también", dijo, sosteniéndola hasta que su respiración volvió a la normalidad.

"¿Está bien si me ducho?"

"Claro", dijo, soltándola.

"Podrías lavarme la espalda si quieres".

CAPÍTULO 14

Lavada y seca, ella sostuvo su mano mientras conducía el camino de regreso a la sala de estar.

"Todavía somos Patrick y Katy, ¿verdad?" ella preguntó.

El asintió. "Bien, entonces está bien si hago esto, ¿verdad?"

Ella lo empujó hacia el sofá y volvió a subirse a sus piernas.

Ella le acarició la polla y las bolas hasta que volvió a estar duro.

Sonriendo, ella lo montó de nuevo.

"No estoy borracha", dijo ella, besándolo.

"Estabas antes".

"Estaba alegre", admitió. "Pero no borracha".

"Interesante."

"¿Me crees cuando digo que no estoy borracha ahora?"

Patrick asintió con la cabeza.

Si lo estaba, había pasado suficiente tiempo para que ella se sintiera sobria.

Después de que se besaron de nuevo, ella se apartó.

"Gracias."

"¿Por qué?"

"Por dejarme sentir la diferencia entre Patrick real y Patrick esclavo". Ella lo besó. "Eso me hace querer esto más".

"¿Querer qué?" inquirió, preguntándose si su juego había terminado.

"Esto", dijo ella, recogiendo las pinzas que todavía estaban colocadas en el sofá.

Ella hizo una mueca después de sujetar la primera a su pezón derecho.

"WOW", dijo ella, sorprendida por lo mucho que dolía.

Sujetó la segunda a su pezón izquierdo.

Ella se bajó de él, recogió la pala y se la entregó.

"Ahora es tu turno. Azótame".

FIN

77